SUPER ZIG ZAG!

Tedd Arnold

Texte français d'Isabelle Allard

Éditions
■SCHOLASTIC

Pour le jeune Tate William.
— T.A.

Catalogage avant publication de Bibliothèque et Archives Canada

Arnold, Tedd
[Super Fly Guy. Français]
Super Zig Zag! / auteur et illustrateur, Tedd Arnold ; traductrice,
Isabelle Allard.

(Zig Zag)
Traduction de: Super Fly Guy.
ISBN 978-1-4431-2992-3 (broché)

I. Allard, Isabelle, traducteur II. Titre. III. Titre: Super Fly Guy.
Français.

PZ23.A754Sup 2013   j813'.54   C2013-904060-9

Édition publiée par les Éditions Scholastic, 604, rue King Ouest, Toronto (Ontario) M5V 1E1.

5 4 3 2 1   Imprimé au Canada 119   13 14 15 16 17

MIXTE
Papier issu de
sources responsables
FSC® C103113

10%

Voici un garçon qui a un drôle d'animal de compagnie. C'est une mouche nommée Zig Zag. Elle peut appeler le garçon par son prénom :

Chapitre 1

Un jour, Zig Zag va
à l'école avec Biz.

Zig Zag apprend à lire.

Elle fait de la peinture.

Puis c'est l'heure du repas.
Zig Zag adore la cafétéria.

Elle adore les assiettes sales.

Elle adore la vadrouille puante.

Elle adore les poubelles malodorantes.

Zig Zag fait connaissance
avec la dame de la cafétéria.
Elle s'appelle Rose.

— Je ne veux pas de mouches dans la cafétéria! dit Rose. Zig Zag dit :

— Cette mouche est
intelligente, dit Rose.
Elle connaît mon nom!

ROSE

Rose lui donne des os de poulet et une tête de poisson dans du lait sur. Zig Zag est contente.

Chapitre 2

Le patron de Rose, lui, n'est pas content.

— Les enfants ne peuvent pas manger dans une pièce pleine de mouches! Vous êtes renvoyée!

Rose est triste. Zig Zag est triste aussi. Même les élèves sont tristes parce que Rose est une bonne cuisinière.

Le lendemain, Rose est remplacée par une nouvelle cuisinière qui s'appelle Madame Lise.

Elle sert des petits pois
brûlés et des navets.
Personne ne touche au repas,
même pas Zig Zag qui aime
à peu près tout.

Rose manque à tout le monde. Même à son patron.

Ce soir-là, Biz prépare un plan.

Chapitre 3

Le lendemain, Zig Zag retourne à l'école. Dans la cafétéria, elle s'écrie :

LIZZ!

Madame Lise lève les yeux.
Zig Zag fonce sur son nez.

Madame Lise crie :

— Pas de mouches dans la cafétéria!

Elle prend sa tapette à mouches, mais rate son coup.

Encore raté.

Encore raté.

Encore raté.

Encore raté.

Le patron n'est pas content.
— Les enfants ne peuvent
pas manger dans une
cafétéria aussi sale.
Vous êtes renvoyée!

Le lendemain, Rose revient.
— Tu es super, Zig Zag!

Rose prépare une succulente soupe aux ordures pour Super Zig Zag.

Zig Zag nage dans le bonheur.

Tout le monde est heureux.